10 Novembre 1897

VENTE

A VERSAILLES, rue Satory, n° 45

CATALOGUE

DES

OBJETS D'ART

CURIOSITÉS

Tableaux de Maîtres anciens

PROVENANT DE LA SUCCESSION

De Madame Veuve DE MARBELLE

Novembre 1897

<table>
<tr><td>M. Albert PECQUERIE
Commissaire-Priseur à Versailles
17, Rue Colbert, 17</td><td>MM. GANDOUIN Père et Fils
Experts à Paris
70, Faubourg Saint-Honoré, 70</td></tr>
</table>

CATALOGUE

DES

OBJETS D'ART ANCIENS

COMPRENANT

Remarquable violoncelle de Joseph GUARNERIUS (1723)

BRONZES DU 1er EMPIRE

TABLEAUX DE MAITRES ANCIENS

A. Coypel, J. Jouvenet, C. Lefèvre, etc., etc.

TERRES CUITES, par CHINARD. — MARBRES.

BRILLANTS. — BIJOUX. — ARGENTERIE

DENTELLES. — GUIPURES

MEUBLES ANCIENS

ET

MEUBLES DE STYLE

DONT LA VENTE AURA LIEU

*Les mercredi 10, jeudi 11 et vendredi 12 novembre 1897,
à une heure de relevée.*

A VERSAILLES, rue Satory, n° 45

Me Albert PECQUERIE	MM. GANDOUIN, père et fils
COMMISSAIRE-PRISEUR	EXPERTS
A Versailles, rue Colbert, 17.	A Paris, faubourg Saint-Honoré, 70.

CHEZ LESQUELS SE DISTRIBUE LE CATALOGUE

Expositions } Particulière : le samedi 6 novembre (de 1 h. à 4 h.).
Publique : le dimanche 7 novembre (de 1 h. à 4 h.).

CONDITIONS DE LA VENTE

Elle aura lieu au comptant.

Les acquéreurs paieront, en sus de l'adjudication, dix centimes par franc, applicables aux frais.

L'exposition mettant le public à même de se rendre compte de l'état des objets exposés, il ne sera admis aucune réclamation une fois l'adjudication prononcée.

ORDRE DES VACATIONS

Le Mercredi 10 Novembre 1897 : **Vases porcelaine, Faïences, Terres cuites, Marbres, Socles, Coupes, Statuettes, Bronzes, Curiosités diverses.**

Le Jeudi 11 Novembre : **Tableaux, Instruments de musique, Argenterie, Bijoux, Dentelles, Meubles anciens.**

Et le Vendredi 12 Novembre : **Mobilier et Objets divers.**

MM. GANDOUIN, EXPERTS, rempliront les Commissions des personnes qui ne pourraient assister à la vente.

DÉSIGNATION

INSTRUMENTS DE MUSIQUE

VIOLONCELLE

1. — GUARNERIUS 1723. Marque au monogramme
   du Christ. Remarquable instrument, en bel état
   de conservation ; œuvre originale du maître,
   d'une légèreté extraordinaire.

2-3. — Deux **Guitares** (Epoque Ier Empire).

4-5. — Deux **Pianos**, par DE BADDER et Ignace PLEYEL.

MEUBLES

6. — Quatre **Fauteuils**, à moulures, peints gris, re-
   couverts cretonne (Epoque Louis XVI). — Deux
   autres, de forme différente.

7. — **Meuble d'appui**, surmonté d'une étagère, bois rose,
   avec marbre brèche d'Alep (Hauteur 1^{m}10,
   largeur 0^{m}45) (Epoque Louis XV).

8. — **Console**, bois sculpté, doré, marbre brèche du
   Languedoc (Epoque Louis XV) (Hauteur 0^{m}82,
   largeur 0^{m}74).

9. — **Secrétaire**, marqueterie de bois rose à damier, simulant un chiffonnier (Style Louis XVI).

10-11. — Deux **Meubles d'appui**, marqueterie Boulle et bronze (Style Louis XIV).

12. — **Bois d'écran**, sculpté peint noir et doré (Époque Louis XV).

13. — Deux **Fauteuils** et deux **Chaises**, sculptés et dorés (Style Louis XV).

14. — *Sous ce numéro, quantité de meubles de différents styles.*

SCULPTURES

15. — *Tête de l'Espion de Rome,* bronze (Antique romain) (Hauteur 0^{m}15).

16. — BARTHOLINI (Attribué à). — *Vénus et Amours,* bas-relief, marbre (Diamètre 0^{m}24).

17. — BEAUVALLET. — *Nymphe,* terre cuite (H. 0^{m}30).

18. — CHINARD (Joseph). — *Persée délivrant Andromède,* groupe, terre cuite bronzée. Signé et daté 1787. Prix de Rome (Hauteur 0^{m}18). — Le socle orné d'une frise de Divinités (Hauteur 0^{m}18).

19. — CHINARD (Joseph). — *Énée sauvant Anchise,* groupe, plâtre bronzé (Hauteur 0^{m}34). — Le socle, en terre cuite, orné de sujets relatifs au *Siège de Troie* (Hauteur 0^{m}17).

20. — CHINARD. — *Jupiter et l'Amour,* terre cuite, esquisse (Fractures) (Hauteur 0^{m}32).

21. — CHINARD (Attribué à J.). — *Jupiter,* statuette, bronze (Hauteur 0^{m}60).

22. — CHINARD (Attribué à J.). — *Jupiter,* statuette, terre cuite (Hauteur 0^{m}56).

23. — Ecole française XVIIe siècle. — *Vénus couchée,* marbre (Fractures) (Haut. 0^m18, larg. 0^m225).

24. — ETEX. — *Brongniart,* bas-relief, profil, plâtre.

25. — LANGE (B.) (De Toulouse). — *Amour,* statuette, terre cuite, bronzée (Hauteur 0^m29).

26. — LANGE (B). — *Vénus,* statuette, plâtre, bronzée (Hauteur 0^m31).

TABLEAUX

27. — CERQUOZZI. — *Fruits, Légumes et Fleurs* (toile). (Hauteur, 1^m,42, Longueur, 1^m,25).

28. — CHÉRON (E.). — *Tête de jeune femme,* dessin aux trois crayons (signé).

29. — COYPEL (Antoine). — *Triomphe d'Amphitrite,* toile (Hauteur, 0^m,56, Longueur, 0^m,82).

30. — DAVID (Louis). — *Tête d'homme,* étude toile (Hauteur 0^m,43, Longueur 0^m,36).

31. — DUS (A. J.). — *Portrait d'homme,* profil rehaussé de blanc (Signé A. J. Dus. 1825).

32. — VAN DYCK (Ecole de A.). — *Sainte Famille,* toile (Hauteur 0^m,70, Longueur 0^m,60).

33. — Ecole flamande XVIIIe siècle. — *Gibier d'eau,* toile (Hauteur 0^m,80, Longueur 4^m,68).

34. — Ecole flamande. — *Gibier de plume et Fruits,* toile (Hauteur 0^m,51, Longueur 0^m,61).

35. — GIORDANO (Lucas). — *Bacchanale d'enfants,* toile (Hauteur 0^m,52, Longueur 0^m,65).

36. — GRISOLFO. — *Figures de Salvator Rosa. Porte de Carthage* avec personnages, toile (Haut. 1^m.40 Longueur 1^m.33).

37. — HUCHTEMBURG (S. Van). *Kermesse dans le goût de D. Téniers*, toile, nombreux personnages (Hauteur 0^m,90, Longueur 1^m,23).

38. — JOUVENET (Jean). — *Jésus chassant les marchands du Temple*, esquisse du tableau remarquable que possède le musée du Louvre, toile (Hauteur 0^m,57, Longueur 0^m,70).

39. — JOUVENET (Jean). — *La résurrection de Lazare*, esquisse du tableau remarquable que possède le musée du Louvre, toile (Haut. 0^m,57, Long. 0^m,70.

40. — JOUVENET (Jean). — *Portrait d'un magistrat*, toile (Hauteur 0^m,60, Longueur 0^m,50).

41. — LEFEVRE (Claude). — *Portrait d'homme*, toile (Hauteur 0^m,45, Longueur 0^m,35).

42. — MARIO DI FIORI. — *Fleurs dans un vase* (Hauteur 0^m,35, Longueur 0^m,46).

43. — MAYER (Mlle). — *Tête de jeune femme*, étude, toile (Hauteur 0^m,49, Longueur 0^m,30).

44. — MOLENAER (Jean). — *Kermesse*, toile (Haut. 0^m,98, Longueur 1^m,15). Cadre bois sculpté époque Louis XVI.

45. — MICHEL (Georges). — *Paysage*, Etude sur papier non rentoilé.

46. — MONNOYER (Baptiste). — *Fleurs, fruits et orfèvrerie*, toile (Hauteur 0^m,50, Longueur 1^m,00).

47. — MAZZUOLI (François), dit PARMESAN. — *Mise au tombeau*, très beau dessin à la plume. Collection Lempereur (Haut. 0^m,32, Long. 1^m,02).

48. — RAPHAEL. — *Sainte Famille*, copie du XVIIIe siècle, toile (Hauteur 0^m,55, Longueur 0^m,44).

49. — REGNAULT (le Baron). — *Tête de jeune fille*, dessin rehaussé de blanc, signé, daté Rome 1776.

50. — TITIEN (attribué à). — *Sainte Famille*, toile cadre bois sculpté (Hauteur 0ᵐ,57, Longueur 0ᵐ,81).

51. — VERNET (Joseph). — *Le Déluge*, toile, œuvre très intéressante (Haut. 0ᵐ,80, Long. 1ᵐ,15).

52. — VERNET (Joseph). — *Port de mer.* — *Effet de nuit*, toile crevée en plusieurs endroits (H. 0ᵐ80, L. 1ᵐ15).

53. — Epoque Louis XVI. — *Portrait* de la marquise de Pange, née de Valicourt, représentée en *Diane*, miniature peinte sur ivoire.

54. — Epoque Louis XVI. *Portrait de Frère et Sœur*, miniature sur ivoire.

55. — Dix-sept Tableaux. — *Paysages*.

OBJETS D'ART

56. — Trois **Glaces**, cadres en bois sculpté.

57. — Deux **Vases** à figures peintes sur fond noir. — (fracturés). — (Antique-Etrusque).

58. — Petite **Pendule** marqueterie de Boulle. — (Epoque Louis XIV).

59. — Paire de **Flambeaux** forme balustres très bien ciselés et dorés. (Epoque Louis XVI). Haut. 0ᵐ30.

60. — **Apollon**, pendule bronze doré (Epoque 1ᵉʳ Empire) (Hauteur 0ᵐ52).

61. — Euterpe, belle **Pendule** en bronze doré, figure bronze médaille (Epoque Empire) (Haut. 0ᵐ,82).

62. — **Pendule**, L'Amour et la Fidélité, bronze doré (Epoque Empire) (Hauteur 0ᵐ,40).

63. — **Verre d'eau**, plateau à glace entouré de bronze (Epoque Empire).

64. — Paire de **Candélabres** à cinq lumières, bronze doré
figures Apollon et Ariane en bronze médaille
(Epoque Empire) (Hauteur 0^m,74).

65. — Paire de **Candélabres**, bronze doré, cinq lumières.
Apollon et Diane, bronze médaille (Epoque
Empire) (Hauteur 0^m,67).

66. — Paire de **Flambeaux** bouts de table, 2 lumières,
bronze doré, figures bronze médaille, Bacchus
et Ariane, socles à trépieds (Epoque Empire)
(Hauteur 0^m,44).

67. — **Coupe** porphyre noir de Thèbes, socle en bronze
ciselé doré (Epoque Empire). diamètre 0^m,31,
(Hauteur 0^m,26).

68. — **Coupe** en porphyre noir de Thèbes, socle en bronze
ciselé et doré (Epoque Empire), diamètre 0^m,31,
(Hauteur 0^m,20).

69. — Deux **Coupes** brocatelle d'Espagne, pieds en rouge
antique (Epoque Empire).

70. — Petit **Brûle-parfums**, bronze vert et doré (Epoque
1er Empire),

71. — **Chenets**, bronze verni avec enfants (Style
Louis XV).

72. — Paire de **Vases**, porcelaine décorée. Vieux Paris,
sujets tirés des Abencérages (Epoque Empire)
(Hauteur 0^m,30).

73. — Paris ancien. Grand **Vase** décoré et doré, Sapho
à Leucade et Sapho à Lesbos (Epoque 1er Empire) (Hauteur 0^m,62).

74. — Paris ancien. **Vase** blanc sur piedonche avec
chiffre E. F. or. Anses à sphinx (Epoque Empire) (Hauteur 0^m,66).

75. — **Socle** porphyre d'Egypte et marbre blanc.

76. — **Socle** porphyre d'Egypte et jaune de Sienne.

77. — **Lampe** à tige et à quatre lumières, cuivre poli (XVIIᵉ siècle).

78. — **Lustre** à douze lumières, cristal taillé et verroteries vertes.

79. — *Sous ce nº, les Meubles de Style et autres.*

80. — Nast à Paris. **Service de table** décoré or; 44 assiettes, 4 compotiers, 3 coupes à fruits, 2 confituriers, 2 sucriers.

ARGENTERIE

81. — Paire de **Flambeaux**, balustres carrés avec bustes de femmes (Epoque Empire) (Poids : 870 gr.).

82. — **Cafetière** bec à tête chimérique (Epoque Empire) (Poids : 595 grammes, sans l'anse).

83. — **Huilier**, décor à palmettes (Epoque Empire) (Poids : 430 grammes).

84. — **Pot à lait** (Style Louis XV) (Poids : 230 grammes).

85. — **Pot à lait** couvert (Style Louis XVI) (Poids : 255 grammes).

86. — **Sucrier** (Style Louis XV).

87. — Paire de **Salières** bouts de table à deux récipients (Epoque 1820). — Pièces diverses d'**Argent**. Cuillères à ragout, Louche, Cuillères à café, Couteaux, Cuillères à saupoudrer.

88. — 12 **Couteaux**. — **Service à dessert** en vermeil, manches en nacre.

89. — Deux **Coquetiers** et deux **Cuillères** vermeil, gravés et ciselés.

90. — Onze **Jetons** des Etats de Bretagne à l'effigie de Louis XVI (Poids : 77 grammes).

BIJOUX

91. — **Parure, Broche à pendeloques, Boutons d'oreille,** 96 roses (Travail ancien).

92. — **Montre** à deux ors ciselés, émail tête de femme et pavée de roses (Epoque Louis XVI).

93. — **Bague** or pavée de sept brillants.

94. — **Bague** or ornée d'un beau brillant.

95. — **Bague** or ornée d'un grenat. Deux autres plus petites.

96. — **Bague** or pavée de neuf roses de Hollande.

97. — **Bague** or et topaze.

98. — **Bracelet** or, parties émaillées, orné de vingt brillants et cinq perles.

99. — **Parure,** Bracelet, Broche, Boucles d'oreilles, or émaillé bleu.

100. — Importante **Parure** en argent ciselé ornée de profils de femme et de masques d'enfants (travail de style renaissance), comprenant : châtelaine, Bracelet, Broche.

101. — **Parure** en or et Lapis, perles-fines et roses, comprenant : Broche, Boucles d'oreilles, bracelet.

102. — Or et grenat, paire de **Boucles d'oreilles.**

DENTELLES

103. — Guipure de Venise (ancienne), paire de **Manchettes** d'un très beau dessin.

104. — Guipure de Venise (ancienne), paire de **Manchettes**.

105. — Argentan ancien. **Col** d'un très beau dessin.

106. — Bruxelles. Coupe pour **Volant** (Longueur : 7^m,50 Hauteur : 0^m,08).

107. — Divers **Mouchoirs** en point d'Angleterre et application.

108. — *Sous ce numéro, diverses coupes de Dentelles et imitations. — Sera divisé.*

109. — *Sous ce numéro, quantité de Dentelles noires de Chantilly, Pointes, Volants, Voilettes, Châles, Echarpes, etc.*

110. — **Châle**, Crêpe noir de Chine brodé à fleurs et personnages.

111. — **Cachemire** long de l'Inde.

112. — *Sous ce numéro, Tentures, Rideaux, Carpettes, Tapis, etc.*

113. — Les Objets omis.

Versailles. — Imp. AUBERT.